カァカァあひると ガァガァからす

宮下すずか
絵：たなかあさこ

くもん出版

「からすさんの　なきごえって、いいなあ。
ぼくと　ちがって、がらがらごえじゃ
ないし、とおくまで　ひびくし」
いけで　およいで　いた　あひるは、
まっ青《さお》な　なつの　空《そら》を　見上《みあ》げて

いいました。
からすが
「カアカア」と、
気《き》もち　よさそうに
とんで　いきます。
あひるは、
からすの
なきごえが、
うらやましくて

なりません。
いっぽう、空《そら》を　とんで　いた　からすは、
水《すい》めんが　きらきら　ひかって　いる
いけを　見下《みお》ろして　いいました。
「あひるくんの　なきごえって、
たのしいなあ。ぼくと　ちがって、きいて
いると　ゆかいな　気《き》もちに　させて
くれる」
あひるが　「ガアガア」と、気《き》もち

ガア
ガア

よさそうに　およいで　います。
からすは、あひるの　なきごえが、
うらやましくて　なりません。

からすは、「カアカア」と　なきます。
あひるは、「ガアガア」と　なきます。
「カアカア」と「ガアガア」は、
「カ」と「ガ」の　ちがい。
てんてんが　あるか、ないかの　ちがいです。

ガ
カ

ある　日《ひ》の　こと、あひるの　なきごえを
うらやましく　おもう　からすと、からすの
なきごえを　うらやましく　おもう
あひるは、いけで　あいました。二《に》わは、
あいての　なきごえを　まねして　みる
ことに　したのです。

からすは「カアカア」に、てんてんを
つけて、「ガアガア」と　なく　れんしゅう。
そこで、「ガアガア」だけでは　なく、

カァカァ

ほかの　ことばにも、てんてんを　つけて
みる　ことに　しました。
　いっぽう、あひるは「ガアガア」から
てんてんを　とって、「カアカア」と　なく
れんしゅう。そこで、「カアカア」だけでは
なく、ほかの　ことばからも、
てんてんを　とって　みる　ことに
したのです。
「ざっぎ　ばぢぐんが、いぞがじぞうに

ガア ガア

どんで　いっだよ（さっき　はちくんが、いそがしそうに　とんで　いったよ）」

「はちくん、ひかしへ　むかって、フンフンって　とんて　いった（はちくん、ひがしへ　むかって、ブンブンって　とんで　いった）」

「おいじい　みづでも　みづげだのがな（おいしい　みつでも　みつけたのかな）」

「いいなあ、ほくも　おなかか　すいて　きた。はらの　虫《むし》か、クウクウ　いって

いる（いいなあ、ぼくも　おなかが　すいて　きた。はらの
虫《むし》が、グウグウ　いって　いる）」
　このように、てんてんを　つける、
つけないの　れんしゅうを　して　いたら、
からすは「ガアガア」が、
あひるは「カアカア」が、
すらすらと　いえるように　なりました。
「ガアガア。ガアガア。どうだい、

ガア ガア ガア ガア

じょうずだろう？　あひるくんに　なった
気《き》ぶんだよ」
　と、からすは　大《おお》よろこびです。あひるも
よろこんで　いいました。
「まるで、ぼくの　こえを　きいて
いるみたいだ。すごいよ、からすさん」
　そして、こんどは　あひるが、
「カアカア。カアカアカア。
うまくなったでしょ？　からすさんに

カアカア　カアカア

なれたみたい」

と、はねを　ぱたぱたさせながら

よろこびます。からすも　よろこんで

いいました。

「あひるくんの　こえ、ぼくに　そっくりだ」

二《に》わの　なきごえは　まるで

入《い》れかわったかのようです。

ガアガア　なけるように　なった

からすは、すっかり　あひるに

へんしんした　つもりです。
カアカア
なけるように
なった
あひるは、
すっかり
からすに
へんしんした　つもりです。
二《に》わは、にこにこがおでした。

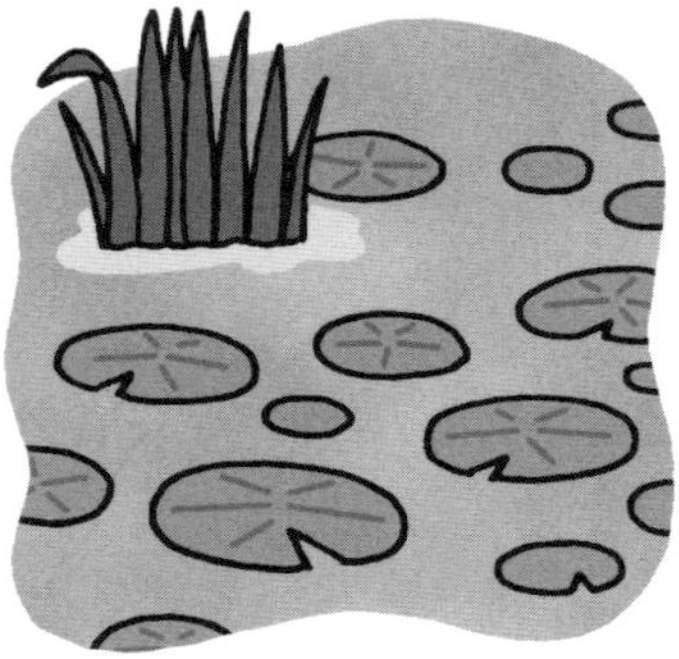

そこへ、はとが、とんで　きて
いいました。
「からすさんちの　そばを　とおったら、
へびが　にょろにょろ　おうちの　中《なか》へ
入《はい》って　いったよ。おきゃくさんなの？」

からすと
あひるは、かおを
見《み》あわせました。
「なんだって！
へびが　おきゃくで
ある　はず　ないさ。
じょうだんじゃ　ない！」
　からすは　そう
いうと、あひるに

むかって　いいました。
「ぼくは　へびが　にがてなんだ。かわりに
ぼくんちに　いって　くれないか。きみは
すっかり　からすに　へんしんしたんだから」
「うん。まかせて！」
あひるは　そう　こたえると、いそいで
出《で》かけて　いきました。
へびは、からすが　あつめて　いた
たべものを、おいしそうに　のみこんで

いる
さいちゅうでした。
それを　見《み》た
あひるは、ちかくの
木《き》に　かくれて、
「カアカア、
カアカア」
と、大《おお》きな　こえを
なげかけました。

おどろいたの　なんのって、へびは、からすが　かえって　きて　しまったと　おもいこみ、

「ひゃあ、どこだ、どこだ。すがたは　見《み》えないけれど、これは　からすさんの　こえ。だまって　入《はい》って、ごめんなさい。もう、ぜったいに　しません」

と、いいながら、あわてて　かえって　いきました。

からす

その　へびの　うしろすがたを　見《み》て、
あひるは、じぶんが　ないた
「カアカア」に、じしんが　もてました。
からすと　まちがえられた　くらいですから、
かんぺきです。

つぎの　日《ひ》、いつものように　二《に》わが
いけの　はしっこで　いっしょに　いると、
また　はとが　とんで　きて　いいました。

「たいへんだ。
かえるたちが、
あつまって、
大《おお》げんかを　して
いるよ。なんでも、
あひるさんちの
うき草《くさ》の　上《うえ》に
のって　あそんで
いたら、うき草《くさ》の

とりあいに　なったみたいだ」

「なんだって！　それは、えらいことだ」

からすと　あひるは、かおを
見《み》あわせました。そして、あひるは
からすに　いいました。

「こんどは、からすさんの　でばんです。

すっかり　あひるに　へんしんしたんだから」

「よし。ぼくに　まかせて！」

からすは、そう　いうと、あひるの

いえに　むかって、ぱっと　とび立《た》ちました。

とおくに、かえるたちが、わいわいと、とっくみあいの　けんかを　して　いるのが見《み》えます。うき草《くさ》は、あひるのものなのに、ぼくのだ、わたしのだと、とりあいを　して　いたのです。そこでからすは、草《くさ》むらの　かげから、

「ガアガア、ガアガア」

と、いけ　ぜんたいに　きこえるような、大《おお》きな　こえで　なきました。おどろいた

ガァガァ

かえるたちは、
ひっくりかえるわ、
ころがるわ、
たおれるわ、いけに
おちるわで、これ
また　大《おお》さわぎです。
「ゲッ、ゲロゲロッ。
どこだ、どこだ。
すがたは

見《み》えないけれど、
これは　あひるさん、
いえ、あひるさまの
こえ。どうか
おゆるしを！」
と、いいながら、
にげて　いきました。
それを　見《み》て、
からすは

「ガアガア」の　なきかたに　じしんが
もてました。あひるに　まちがえられる
くらいだったのですから。

おたがいに　なきごえの　とりかえっこを
して、おもしろく　なった　あひると

からすは、あちこちで
「カアカア」
「ガアガア」を
くりかえしました。

ちょうしに　のった
からすは、日《ひ》が
くれてからも
「ガアガア」と

ガァ
ガァ

うるさいほど　なきました。くらやみに
まぎれ、からすの　すがたは　見《み》えません。
てっきり、あひるが　ないて　いると
おもった　みんなは、
「しずかな　よるに、めいわくだ」
と、どなって　やろうと　さがして
みますが、あひるは　見《み》あたりません。
いっぽう、あひるも、これまた
ちょうしに　のって、あっちに　いったり、

こっちに　きたりと、うろちょろしては
ないて　いました。くらやみですから、
はっきり　あひるだと　わかりません。
白《しろ》くて、ふわふわした　ものが、「カアカア」
なきながら、あらわれたり、きえたりして、
まるで　おばけみたいです。みんなは、
びっくりぎょうてん。だって、ないて
いるのは　からすだと　おもって
いたからです。

カァカァ

二《に》わは、たのしくて　たまりません。
とりかえっこを　した　なきごえが
ますます　すきに　なって　いきました。

また　つぎの　日《ひ》、いけの
はんたいがわから、にわとりの　なきさけぶ

こえが　きこえて　きました。
「きゃあ、たすけて！　からすさん、
おねがい、たすけて！」
　よちよちあるきの　ひよこが、ねこに
おそわれそうに　なって　いたのです。
にわとりは、とぶのが　はやい　からすなら、
すぐに　かけつけて　くれると　おもって、
たすけを　もとめました。
「からすさん」と　いわれ、からすに

なった　つもりの　あひるは、おしりを
ふりふり　はしって　いきました。へびを
おいはらった　ときの　ように　カアカア
ないて、ねこを　おどろかそうと
したのです。

あひるは、ねこの　うしろから　そっと
ちかづくと、はねを　ばたばたさせて
とびかかりました。

「カアカア。たすけに　きたぞ！」

カァァ
カァァ

こわくて　ぎゅっと　目《め》を　つぶって
いた　ひよこは、からすが　たすけに　きて
くれたと　おもって　ひとあんしん。
ところが、ねこは　さっと　ふりむくと、
「おや、からすだと　おもったが、
なあんだ、おまえは　あひるじゃ　ないか。
いくら　カアカア　ないたって　ちっとも
こわくないぞ」
そう　いって、とびかかって　きた

あひるを、すばやく　よけました。とべない
あひるは、そのまま　どっすん。じめんに

おちて　しまいました。
あひるの　ことが　しんぱいで、あとから
ついて　きた　からすは、ぱっと　はねを
ひらくと、ものすごい　はやさで、ねこの
ところへ　とんで　きました。そして、
ねこの　まわりを　なんかいも　くるくると
とびまわりました。
さらに　からすは、ねこの　せなかを、
つっつきはじめたのです。

「いたい　いたい、まいった。こうさんだ」
ねこは、あわてて　にげ出《だ》しました。
よかった、ひよこは　ぶじでした。
あひるは、からすに
小《ちい》さな　こえで
いいました。
「やっぱり、ぼくは
からすに　なれない。
空《そら》を　とべないし、

カアカア　ないても　やくに　立《た》たなかった」

あひるが、そんな　ことを　はなして
いると、こんどは、すぐ　ちかくから、
さけびごえが　きこえて　きました。
「たいへんだ、あそこで　だれか　おぼれて
いる！　およぎが　とくいなのは、だれだ？
おう、いた　いた、あひるさん、すぐに
たすけて　やってくれ！」

足《あし》を　すべらせて、いけに　おちたのは、子《こ》りすでした。あっぷあっぷと、もがいて　います。子《こ》りすは　およぐことが　できません。つかまる　ところもないのです。

「わ、わかった。い、いま　いくよ」

「あひるさん」と　よばれ、あひるになった　つもりの　からすは、水《すい》めんにおりました。

「ガアガア、たすけに　きたぞ！」

これを　きいた　子《こ》りすは、およぎの
とくいな　あひるが　たすけに　きて
くれたと　おもって、ほっと　しました。
ところが、からすは　はねを
ばたばたする　ばかりで、子《こ》りすを
たすける　どころか、いっしょに　なって
おぼれそうです。
「あれれ、あひるさんが　きて　くれたと
おもったのに、からすさんか。いくら

ガアガア　ないたって　およげないじゃ
ないですか。あっぷあっぷあっぷ、もう　だめだ」

子《こ》りすは　そう　いうと、いまにも
しずんで　いきそうです。
そこへ、からすに　つづいて　やって　きた
あひるが、いきおいよく　いけに　とびこみ、
みごとに　およいで　いきました。そして、
おぼれて　いる　子《こ》りすに、くちばしを
さし出《だ》して、つかまらせたのです。
からすも、いっしょに　つかまりました。
よかった、子《こ》りすは　たすかりました。

からすは、 あひるに ささやきました。
「やっぱり、 ぼくも あひるに なれない。
およげないし、 ガアガア ないても
やくに 立《た》たなかった」

からすに なれなかった あひる。
あひるに なれなかった からす。
二《に》わは、 がっかり、 しょんぼりがおです。
そこへ、 ひよこが きて、 いいました。

「からすさん、
さっきは
ありがとう」
すばやく
とんで　きて、
ねこを、
こてんぱんに
やっつけた
からす。これは、あひるには、

できなかった
ことです。
子《こ》りすも、
やってきて、
いいました。
「あひるさん、
さっきは
ありがとう」
おぼれる　子《こ》りすを、

あっと　いう　まに　たすけた　あひる。
これは、からすには、できなかった
ことです。

「あひるくんには、たのしそうな
『ガアガア』が　ぴったりだね」

「ええ、ぼくは、やっぱり　ガアガア
なくのが　いちばん　いい」
あひるは、そう　いって、いけを
すいすい　およいで　います。
「からすさんには、ひびき　わたる
『カアカア』が　おにあいですよ」
「うん、ぼくは、やっぱり　カアカア
なくのが　いちばん　いい」
からすは、そう　いって、夕《ゆう》やけの　空《そら》を

とんで　いきます。
あひるも　からすも、いつのまにか
にこにこがおに　なって　いました。

作：宮下すずか

長野県安曇野市生まれ。明治大学卒業。学術書の出版社に勤務し、活字の不思議な世界を知る。「い、ち、も、く、さ、ん」で「第21回小さな童話大賞」大賞受賞（毎日新聞社、2004年）。『ひらがなだいぼうけん』（偕成社）で「第19回椋鳩十児童文学賞」受賞（2009年）。その他の作品に『あいうえおの せきがえ』『にげだした王さま』『とまれ、とまれ、とまれ！』『赤のはんたいは？』『てんのないにっき』『ちびっこやゆよ』（くもん出版）、『カタカナダイボウケン』『すうじだいぼうけん』『漢字だいぼうけん』（偕成社）がある。

画：たなかあさこ

神奈川県生まれ　東京都在住。デザイン事務所勤務を経て、2003年よりフリーランスのイラストレーターとなる。子ども、保育者向けの書籍、教材、雑誌などのイラストレーション制作を中心に活動中。

● 装丁・デザイン：坂本弥穂（株式会社ワード）
● 編集協力：株式会社ワード

カアカアあひるとガアガアからす

2014年3月28日　初版第1刷発行　　2015年4月21日　初版第2刷発行

作　宮下すずか
画　たなかあさこ

発行人　志村直人
発行所　株式会社くもん出版
〒108-8617　東京都港区高輪4-10-18　京急第1ビル13F
電　話　03-6836-0301（代表）
03-6836-0317（編集部直通）
03-6836-0305（営業部直通）
ホームページアドレス　http://www.kumonshuppan.com/
印　刷　図書印刷株式会社

NDC913・くもん出版・64P・21cm・2014年・ISBN978-4-7743-2241-4